DISCOURS

PRONONCÉS

DANS LA SÉANCE PUBLIQUE

TENUE

PAR L'ACADÉMIE FRANÇAISE,

POUR LA RÉCEPTION DE M. ÉTIENNE,

Le 24 décembre 1829.

A PARIS,

DE L'IMPRIMERIE DE A. FIRMIN DIDOT,

IMPRIMEUR DU ROI ET DE L'INSTITUT,

RUE JACOB, N° 24.

1829.

INSTITUT ROYAL DE FRANCE.

ACADÉMIE FRANÇAISE.

M. Étienne ayant été élu par l'Académie Française à la place vacante par la mort de M. Auger, y est venu prendre séance le 24 décembre 1829, et a prononcé le discours suivant :

MESSIEURS,

Il est dans la vie d'un homme de lettres des émotions qu'il ne ressent qu'un seul jour, c'est celui où il s'assied pour la première fois au milieu de cette enceinte illustrée par de si grands souvenirs, où le disciple vient prendre place à côté de ses maîtres, et reçoit, devant l'élite de tous les talents et de toutes les hautes renom-

I

mées., cette palme académique, noble but de son ambition et glorieuse récompense de ses travaux.

Les sensations qu'excite cette solennité imposante ne sont point nouvelles pour moi, et ce n'est pas, après de longues années, une des moindres jouissances de ma vie littéraire de les éprouver encore. Moins vives cette fois, elles sont peut-être plus profondes; et si la faveur inespérée de vos premiers suffrages me combla de joie, le jour où je viens reprendre, parmi vous, la place qu'ils m'avaient assignée, je suis pénétré d'un sentiment qui éteint en moi l'amertume des souvenirs, et remplit mon ame de ce bonheur qu'après une longue tourmente nous trouvons à rejoindre des amis, dont la tempête seule nous avait séparés.

Mais il est, Messieurs, une pensée qui attriste mon retour au milieu de vous, mes yeux y cherchent en vain un homme de léttres qui vous fut cher; et quand je songe qu'en des temps difficiles il hâtait, de toute l'ardeur de ses vœux, le moment où nous devions nous rejoindre, je regrette d'avoir vu finir un exil dont le terme devait être celui de sa vie.

Oui, je me plais à le dire, dans les épanchements d'une correspondance intime, dont je peux parler aujourd'hui sans être indiscret, dans l'effusion de cette vieille amitié qui n'est jamais plus forte que lorsqu'elle se réveille dans un noble cœur, il voulait bien appeler un de ses plus beaux jours celui où nous nous retrouverions tous dans cet asile.

Hélas! j'étais loin de prévoir que ce jour ne luirait pas pour lui, et que cette main fraternelle, qu'il m'eût été si doux de tendre à l'homme que vous chérissiez, était destinée au triste devoir de répandre quelques fleurs sur la tombe qui l'a ravi à vos travaux et à votre amitié.

Je n'ai plus, comme à ma première entrée dans cette savante compagnie, à vous peindre une vie littéraire qui se passa au milieu des jeux et des fêtes; ce n'est plus ce disciple d'Anacréon dont la muse naïve et galante chanta les amours des bergers et charma des accords de sa lyre les nobles échos de Chantilly. Alors je n'avais à fixer vos regards que sur de riants tableaux; c'était un aimable vieillard dont les jours insouciants et légers s'écoulèrent sans qu'aucune amertume en troublât le cours si lent et si rapide; c'était Laujon auquel, sur le déclin de sa vie, vous ouvrîtes ce sanctuaire, comme pour le faire passer doucement à cet autre Élysée où il allait rejoindre une joyeuse élite de troubadours compagnons de ses travaux et de ses plaisirs.

Aujourd'hui ce sont de plus sévères images,

I.

c'est une vie sérieuse, méditative, c'est un homme
qui ne rechercha de plaisirs que les charmes de
l'étude, de fêtes que les solennités des arts; qui
fréquenta plus les bibliothèques que les palais,
et connut beaucoup mieux les moralistes que les
courtisans; c'est un grave écrivain qui amassa
lentement les trésors de la science, et les accrut
toujours sans cesser de les répandre; qui eut le
rare mérite de devenir l'ami de ceux-là même
dont il avait le moins flatté les défauts, et d'arriver
par le chemin si long et si épineux de la critique
dans cette enceinte où il ne conduit guère, et où
il est si honorable de parvenir quand on présente
hardiment, comme son premier titre aux suffrages des gens de lettres, celui d'avoir été leur
juge.

Tel fut le savant académicien dont vous dé-
plorez la perte; à une sagacité exquise, à une
raison qui s'était fortifiée dans le commerce des
plus grands écrivains de l'antiquité et des temps
modernes, il joignait un goût délicat et sévère,
qu'avait perfectionné l'étude, et que n'altéra jamais la contagion des mauvaises doctrines.

Cette première époque de la vie, où notre
jeune intelligence est initiée aux beautés clas-
siques *de la Grèce et de Rome*, et qu'interrom-
pent bientôt les soins de l'avenir et trop souvent
les chimères de l'ambition, fut pour lui le com-

mencement de toute une carrière. Le jour où
il ouvrit un livre décida de sa vie ; en quittant le
premier sanctuaire des études, il ne les discon-
tinua point, il ne se sépara ni de *Virgile* ni d'*Ho-
race*. Alors, cependant, toutes les routes étaient
ouvertes au talent ; dans ce vaste ébranlement
des existences, dans ce travail d'une société qui
se recompose, où tout avait disparu et où tout
était vacant, que de chances, que d'attraits pour
un homme doué d'une ame jeune, ardente, qui
sentait sa force et qui n'avait, pour ainsi dire,
qu'à choisir sa place !

Mais, c'est parmi vous, Messieurs, qu'il l'avait
marquée ; sa patiente ambition attendait la couronne académique comme la plus noble fortune,
il ne rêvait le bonheur d'un long avenir que dans
les faveurs des lettres, et n'aspirait qu'à entrer
dans ce savant aréopage, sous l'escorte des
grands hommes qui l'y avaient précédé, et au
génie desquels il dévoua le culte de tous ses
travaux, de toutes ses affections.

Imprégné, pour ainsi dire, de leur esprit,
initié aux mystères savants de leurs compositions, en ayant extrait tout ce qu'elles renfer-
ment de grand, de noble, d'utile, et chargé de
ce précieux butin, levé sur ce que la science a
de plus profond, la morale de plus élevé, l'éloquence de plus sublime, il voulait le rapporter

à sa source et faire reparaître dans cette enceinte où nous avons l'honorable mission de garder le dépôt pur et sacré de la langue, les souvenirs et les traditions de ces illustres modèles qui la fixèrent et en portèrent si loin la gloire et la splendeur.

Il est beau, sans doute, Messieurs, de conquérir vos suffrages par ces succès d'éclat qui électrisent tout un peuple, de parvenir au sommet des honneurs littéraires porté sur les ailes brillantes et rapides de la renommée; mais il est à votre adoption des titres qui, s'ils sont plus modestes, ne sont pas moins vrais et moins puissants; qui, s'ils ne frappent pas vivement un public insouciant et distrait, n'échappent point à vos yeux attentifs: ce sont ces études sérieuses, cette élaboration lente de la pensée, cet esprit d'observation, de rapprochement, d'analyse, et, si je puis m'exprimer ainsi, cette anatomie comparée de toutes les littératures; ce sont ces patientes investigations qui suivent l'esprit humain dans tous ses développements, marquent d'une main ferme et sûre l'époque de ses progrès et de ses décadences, renouent le fil interrompu des traditions, et explorant pas à pas toutes les déviations et toutes les sinuosités, remontent laborieusement à toutes les sources.

Tel fut le rare mérite de M. Auger, tel fut le

caractère de son esprit essentiellement scrutateur. C'est parmi les hautes renommées des deux
grands siècles qui ont précédé le nôtre, que se
plaisait sa raison éclairée et sévère. Il s'était fait
le contemporain de tous les grands hommes qui
les ont illustrés ; il ne quittait *La Fontaine* et
Boileau que pour réfléchir avec *Duclos* et avec
La Bruyère ; et quand son esprit s'était fatigué à
suivre *Pascal, Bossuet* et *Montesquieu,* dans leurs
sublimes profondeurs, il se reposait sur les pages
brillantes de *Voltaire*, et aimait à se jouer tour-
à-tour avec les fictions ingénieuses d'*Hamilton*,
et avec les graces simples et piquantes *des
La Fayette, des Deshoulière et des Sévigné.*

Il leur rendait un tel culte, qu'il aurait cru
perdre tous les travaux qu'il ne leur eût pas
consacrés; il était plus jaloux de leur renommée que de la sienne; désespérant de les sur-
passer ou de les atteindre, il mettait toute son
ambition à populariser leur gloire.

Ce fut à *Boileau* qu'il éleva le premier monu-
ment de son admiration et qu'il dut sa première
couronne; à *Boileau,* qu'alors il était si naturel
de louer et qu'aujourd'hui il faudrait presque
défendre; à ce grand poète que les uns traitent
d'écrivain timide et les autres de philosophe
audacieux, dont la médiocrité déprécie les ouvrages, tandis que le fanatisme les mutile. Qui l'a

vengé mieux que M. Auger, des dédains affectés d'une cabale qui se croit une école, et dont
la répugnance pour ses écrits s'explique par
l'antipathie que des condamnés ont pour leur
juge?

Boileau admirait Molière, et M. Auger, trop
fidèle à la rigueur inflexible du législateur de
notre Parnasse, rechercha avec une exactitude,
peut-être un peu minutieuse, les taches légères
qui disparaissent parmi tant de beautés; c'est
moins comme poète que comme philosophe que
doit être apprécié le grand homme, dont la
France est si justement fière. M. Auger, lui-
même, en parlant de l'éloge qu'en a fait Champfort, lui reproche de n'avoir pas embrassé toute
la grandeur de son sujet : « *mais qui pourrait se
flatter de le remplir, dit-il, c'est-à-dire de pénétrer toute la profondeur, toute l'étendue du génie
de Molière, et d'en parler avec une élévation
digne de sa sublimité ! Il aurait fallu un bien
rare mélange de sagacité, de force et d'éloquence.* »

Ces qualités qu'il réclamait comme indispensables dans l'homme appelé à mesurer toute la
hauteur de Molière, M. Auger les avait en lui-
même. Qui, mieux que lui, pouvait apprécier
l'influence de ce beau génie sur son siècle? et
combien ne doit-on pas éprouver de regrets qu'il

ait été découragé à l'aspect de difficultés qu'il
eût si facilement vaincues, et que sa modestie
nous ait privés d'une étude approfondie qui lui
eût assigné, parmi les moralistes, le haut rang
qu'il occupera toujours parmi les philologues!

N'attendez pas, Messieurs, que je le suive
dans l'immensité des travaux analytiques, des
leçons savantes qui s'échappaient chaque jour
de ce trésor de connaissances qu'il avait amas-
sées et qu'il distribuait avec une si généreuse pro-
fusion. Le public jouit de ces richesses presque
sans apercevoir la main qui les répand, de même
que le sol se fertilise par ces phénomènes dont
le secret reste inconnu au vulgaire qui en re-
cueille les bienfaits, mais qui n'en pénètre pas
les causes.

Grace aux rapides communications de la pensée et à l'action simultanée de la presse, le critique consciencieux, le philosophe, dans la
solitude de leur cabinet, se font entendre partout ; ce n'est plus dans l'étroite enceinte de l'é-
cole ou du portique que se resserre le cercle de
leurs disciples, ils ont tous les peuples pour
auditeurs, et le monde entier pour juge.

La vie de M. Auger ne fut qu'un long cours
de littérature, et il ne pensait pas que les hautes
régions de la société eussent des droits exclusifs
à l'instruction ; il voulait que ses premiers élé-

ments pénétrassent dans les classes les plus hum-
bles et les plus utiles, que le travail ne fût pas
sans lumières, pour que la pauvreté ne fût pas
sans vertu. Cet enseignement moral et rapide
qui économise le temps, premier trésor de
l'homme laborieux, cette méthode que l'esprit
de faction dénonce comme un fléau, et qu'un
siècle éclairé célèbre comme une conquête, n'a-
vait pas de partisan plus sincère et plus con-
vaincu.

M. Auger était du nombre de ceux qui
croient que les gouvernements n'ont intérêt à
tenir les peuples dans l'ignorance que lorsqu'ils
ont intérêt à les tromper.

Toutefois une réflexion chagrine lui échappait :
« *Cette institution si féconde en excellents effets,*
disait-il, sera-t-elle adoptée parmi nous ? je le
souhaite plus que je ne l'espère. Nous sommes
dans un pays où malheureusement l'habitude, le
préjugé et l'intérêt conspirent avec trop de succès
contre les meilleures choses! »

Ses craintes n'étaient pas vaines; depuis quinze
ans qu'il a écrit ces paroles, la lutte a été vive,
opiniâtre: malheureusement elle dure encore:
mais le triomphe n'est plus douteux, nous en
avons pour garant les généreuses intentions d'un
prince qui veut que le peuple soit instruit, parce
qu'il désire que le peuple soit heureux; d'un

prince qui n'a pas oublié les nobles vœux de deux rois populaires, que M. Auger, au sujet de la nouvelle méthode, rappelle et rapproche avec tant de bonheur.

« *J'établirai, écrivait Henri IV aux magistrats de la ville de Beauvais, de si bons précepteurs à toute la jeunesse française que la gloire en volera jusqu'aux confins de l'Inde.* »

Et Georges III, roi d'Angleterre, a dit : « *J'espère voir le jour où tous les enfants pauvres de mes royaumes seront en état de lire la Bible.* »

Ces vœux paternels, il est donné au prince qui règne aujourd'hui sur la France de les accomplir ; grace à des institutions placées sous la garde de sa parole, le travail libre et honoré, la richesse publique divisée en des milliers de canaux qui répandent partout la fécondité et la vie, l'aisance qui amène l'instruction, l'instruction qui double l'aisance, réservent à Charles X le bonheur que rêvaient deux monarques amis du peuple et qui doit être la plus douce, la plus noble jouissance pour le prince appelé à recueillir les bénédictions qu'ils ont méritées.

Mais si la raison de M. Auger souriait à ces heureuses tentatives qui ont pour but d'améliorer l'état moral des Sociétés, elle repoussait, de toute son énergie, ces essais aventureux d'un prétendu esprit de réforme qui, brisant tous les freins qu'oppose le goût aux caprices et aux emportements de l'imagination, ne respecte ni les traditions ni les chefs-d'œuvre consacrés, et veut, dans une folle présomption, reconstruire un nouveau Parnasse sur les ruines de l'ancien.

L'admirateur de Boileau pouvait-il voir sans une colère généreuse les divinités du temple où il sacrifia, insultées jusque sur le piédestal où les avait placées l'orgueil de la patrie, et des dieux étrangers usurper les hommages et l'encens de sa religieuse gratitude ?

Sans doute il n'était point assez esclave de ses vieilles admirations pour ne pas applaudir à ces nobles témérités qui s'élancent vers des régions inconnues, et qui, n'espérant que de faibles lauriers d'une terre fatiguée d'en produire, aspirent à en moissonner sur un sol neuf dont il appartient au génie de féconder la jeunesse.

Il comprenait très-bien que la littérature doit suivre le mouvement des esprits et la révolution des mœurs ; qu'imiter sans cesse une nature qui n'est plus, que modeler toujours son siècle sur les siècles passés, c'est immobiliser la pensée humaine, c'est vouloir arrêter le temps dans sa marche ; mais il pensait, comme tous les esprits sages, que plus un peuple s'élève en raison, en lumières, plus on doit s'attacher à ne mettre sous ses yeux que des imitations d'une nature choisie, et que les délicatesses du goût ne sont pas incompatibles avec les hardiesses de la création.

Et s'il permettait au talent de restituer au langage noble de la poésie des mots qu'en avaient bannis comme roturiers les scrupules d'une pruderie méticuleuse, il poursuivait d'une impitoyable critique certains esprits qui, parce qu'on a trop dit peut-être que le génie est inégal, se sont persuadé qu'il fallait courir après l'inégalité pour rencontrer le génie, et qui, pour échapper à ce qu'ils appellent la décrépitude d'une littérature éteinte, remontent, sans s'en douter, jusqu'à son enfance : novateurs rétrogrades qui voulant écrire mieux que *Racine* n'écrivent pas autrement que *Ronsard*, et pour lesquels on dirait que *Malherbe* n'est pas venu.

C'est à sa carrière laborieuse, c'est à sa longue culture des lettres, Messieurs, que M. *Auger* avait dû vos premiers suffrages; sa religieuse assiduité à tous vos travaux, sa fidélité aux vraies doctrines, la sage énergie avec laquelle il les soutint contre les invasions d'un zèle plus ambitieux qu'éclairé, le rendirent, dans ses dernières années, digne d'une nouvelle marque de votre confiance, et l'élevèrent à un poste auquel on voit que vous attachez un haut prix, si l'on

jette les yeux sur l'académicien qui l'y précéda
et sur celui qui lui a succédé.

Le voilà parvenu au comble de ses vœux ; il a
vu se réaliser tous les rêves de sa vie ; une noble
existence littéraire, une compagne douée de
toutes les graces et de toutes les vertus, une
jeune famille qu'il voyait croître avec orgueil,
et dont les douces caresses le délassaient de ses
travaux, un cercle d'amis peu nombreux, mais
anciens, mais fidèles ; enfin toutes les jouissances
de l'esprit, toutes les affections du cœur, ré-
pandaient autour de lui ce bonheur pur et vrai
que l'académicien qui préside à cette solennité
a si bien décrit, parce qu'il l'a peint d'après lui-
même.

Hélas ! c'est lorsque le présent lui offre tant
de charmes, l'avenir tant de douceur, qu'un
sombre nuage s'épaissit sur ses yeux ; l'étude,
qui était pour lui un repos, n'est plus qu'une
fatigue ; ses travaux sont sans plaisir, ses livres
sans attraits ; les soins empressés de la tendresse,
les touchantes consolations de l'amitié pénètrent
son ame, mais ne la guérissent point.

Soudain, ce fils de *Thalie*, à la mémoire du-
quel deux voix éloquentes viennent de rendre
un si juste hommage, est ravi à l'art qu'il avait
illustré. Et quand nous entourions, dans un
morne silence, ses restes inanimés, alors que

les chants funèbres nous remplissaient d'une douleur religieuse et sombre, nos yeux cherchaient avec inquiétude le fidèle ami de *Picard*, *Auger* était absent!

Une sinistre rumeur parcourt les voûtes du temple! Vous rappelez-vous ce terrible instant où la mort vient frapper d'un second coup nos cœurs déchirés; ces regrets qui se mêlent, ces sanglots qui se confondent, et ce double deuil dont s'enveloppent les Lettres éplorées?

O triste infirmité de notre nature! O fragilité des raisons les plus fermes comme des plus puissants génies! Cet abîme que Pascal voyait sans cesse à ses pieds, M. *Auger* y tomba.

129

RÉPONSE

DE M. DROZ,

DIRECTEUR DE L'ACADÉMIE FRANÇAISE,

AU DISCOURS

DE M. ÉTIENNE,

PRONONCÉ DANS LA SÉANCE DU 24 DÉCEMBRE.

M ONSIEUR,

Combien d'émotions douloureuses viennent troubler ce jour où l'Académie célèbre une réunion si long-temps désirée ! Cette fête est aussi une fête funèbre. Vainement, pour épargner au public la monotonie de nos regrets, voudrais-je m'occuper de vous seul, ne songer qu'à vous suivre dans le cours heureux de vos travaux littéraires. Puis-je penser à vos premiers suc-

2

cès, sans me souvenir que vous les avez obtenus sur un théâtre qu'animait de sa verve féconde cet homme d'un si rare talent et d'un si bon caractère, à qui m'unissait la plus tendre amitié? Voilà la place qu'il occupait le jour où, faible, languissant, il vint pour la dernière fois se réunir à ses confrères. Tous les regards se dirigeaient vers lui avec anxiété, avec affection. Cher Picard! le public semblait avoir pour toi le cœur d'un ami!

Année fatale! où la mort a redoublé ses coups, où des alarmes cruelles sur le sort de M. Auger ont distrait ceux qui rendaient les derniers devoirs à M. Picard!... Profondément ému d'un événement que vous venez de retracer avec tant d'éloquence, j'oserai faire entendre le langage austère que me prescrit la morale.

La vie de M. Auger fut celle d'un honnête homme, et sa mort n'a point démenti sa vie. Avant de toucher au moment suprême, il n'était plus lui. Les regrets qu'il inspire n'appellent point l'indulgence sur un genre de délit qui lui reste étranger.... Ah! que l'opinion publique se soulève contre des actions criminelles que lui dénoncent la religion, la philosophie, et le désespoir des familles! Aucune situation ne rend un homme l'arbitre de sa vie: l'infortuné doit se soumettre à ses misères, et le coupable n'a pas le droit de s'affranchir de ses remords.

Votre discours, monsieur, présente un tableau si fidèle et si brillant de l'existence toute littéraire de M. Auger, qu'il rend bien difficile la tâche que m'impose l'Académie de parler, en son nom, du mérite de notre confrère. J'obéis cependant; et j'oublie l'amour-propre, pour acquitter un tribut qui m'est cher.

On s'attachait d'autant plus à M. Auger qu'on le connaissait mieux. Il ne fallait pas le juger sur quelques apparences. Son regard, vif et scrutateur, ses paroles, quelquefois tranchantes, pouvaient nuire à son premier abord; mais, pour peu qu'on eût de relations avec cet homme d'un commerce si sûr, on était frappé des nobles qualités de son ame : la droiture, la franchise, la fermeté. On pouvait croire encore qu'il méritait plus d'estime que d'affection : mais, si les relations devenaient plus intimes, on voyait combien, à la raison qui dominait en lui, s'unissaient de sentiments doux et bienveillants. Il quittait sans effort ses travaux pour rendre des services; il obligeait avec toute l'activité de son esprit et toute la fermeté de son caractère. J'aime à dire que j'en parle par expérience. Ce juge, qu'on croyait si sévère, je l'ai vu souvent, dans des réunions littéraires, énoncer son opinion avec défiance, la discuter avec ménagement, l'abandonner avec bonne foi. Sa droiture lui faisait redouter tous les excès ; il se plaisait à répéter cette sage maxime : *Le faux ne diffère souvent du vrai que par l'exagération qui l'accompagne*. Bon, obligeant, modéré, il a pu dire : Tous ceux qui m'ont bien connu m'ont aimé.

Le *Commentaire de Molière* pouvait sans doute offrir quelquefois des vues plus hautes ; mais il contient une foule d'observations précieuses. Pour assurer à M. Auger un rang distingué dans les lettres, il suffirait d'un recueil, qu'on tarde trop à terminer, de ce recueil, plein de goût et de savoir, dont la lecture variée est toujours instructive et piquante. Le style d'un si judicieux auteur n'est peut-être pas assez apprécié dans un temps où l'on veut toujours de l'éclat, cet éclat dût-il souvent être faux ; mais tous les hommes de goût admireront ce style clair, élégant et ferme, ce style naturel, quoique artistement travaillé. Aimant à donner des conseils sur un art qu'il savait pratiquer, M. Auger rappelait fréquemment aux jeunes écrivains combien il importe de conserver à notre langue sa qualité distinctive : la clarté. Il s'élevait surtout contre la manie de paraître hardi, en changeant le sens des mots,

pour y substituer des significations forcées, bi-
zarres, inconnues. La langue cesserait en effet
d'exister, si chacun se formait un langage au gré
de ses caprices. Ce n'est pas seulement la littérature que dégraderait un tel désordre. Les
hommes, dans ce siècle, ont besoin d'études
sérieuses; il faut approfondir les sciences morales
et politiques. Comment, avec des expressions
vagues, obscures, pourrait-on analyser, éclairer
ces sciences? Il s'agit de la civilisation même.
Nous voulons hâter ses progrès? Eh bien! si jamais nous détruisions la clarté de notre langue,
nous opposerions le plus fatal obstacle au développement de la raison humaine.

Vos ouvrages contribuent, Monsieur, à conserver la pureté de cette belle langue. Par un
privilége rarement accordé, même aux auteurs
célèbres, vous parlez, avec un égal talent, le
langage de la poésie et celui de la prose.

Tous vos pas, dans la carrière dramatique,
ont été marqués par des succès. Vos premiers
ouvrages, bien que leur cadre eut peu d'étendue, faisaient déja pressentir le poète observateur
qui saurait enrichir de grandes compositions
notre scène. Deux comédies, en cinq actes, vous
placent au rang des plus heureux disciples de
Molière. Fable attachante, action bien conduite,

peinture comique et vraie des caractères et des
mœurs, style élégant et plein de verve, tous ces
avantages se trouvent réunis dans les *Deux
Gendres* et dans l'*Intrigante*. J'admire surtout,
Monsieur, votre talent d'observation. Un des
deux gendres est ambitieux; il est peint avec
tant de vérité qu'on croit l'avoir rencontré dans
le monde. Sa femme est ambitieuse aussi : quelle
justesse dans les nuances qui les distinguent!
Le mari veut des honneurs, des richesses, pour
en acquérir encore; la femme en veut pour bril-
ler, pour dépenser. Il fallait donner au second
gendre un caractère ; vous en avez fait l'hypo-
crite de bienfaisance : nouveau Tartuffe, moins
redoutable que l'autre! La jeune fille du prétendu
philanthrope est placée, avec l'innocence et la
timidité de son âge, entre son père et son aïeul.
La bonhomie de celui-ci, la fermeté de son ami,
la naïveté du vieux valet, prouvent encore que
vous savez donner une physionomie caractéris-
tique à chacun de vos personnages; tous sont
vivants : ce tableau, vrai, comique et moral, ne
pouvait sortir que du pinceau d'un grand maître.

Votre pièce de l'*Intrigante* est peut-être supé-
rieure encore à celle dont je viens de parler.
Cette pièce annonce que vous aviez conçu un
genre de comédie politique où, sans tomber

dans la licence d'Aristophane, ni dans celle de
Beaumarchais, vous eussiez donné de hautes
leçons à la société. Des critiques prétendirent
que votre héroïne n'est pas assez consommée en
intrigue : ils me rappelèrent l'indignation de Jean-
Jacques, lorsqu'on lui dit que le héros de la
comédie de Gresset n'est pas un méchant. Je
regrette que le temps ne me permette point de
rappeler les principaux traits d'un ouvrage dont
le public a joui trop rarement. L'autorité pré-
tendait alors s'arroger le droit de disposer à son
gré de la main des riches héritières. Vous osâtes
fronder ce despotisme sur la scène. J'entends
encore l'explosion des applaudissements que fit
éclater ce vers :

« Je suis sujet du prince, et roi dans ma famille. »

Lorsque des temps nouveaux permirent de
discuter librement les grands intérêts de l'état,
on ne dut pas s'étonner de voir paraître dans la
carrière politique le poète qui concevait son art
d'une manière si courageuse. Une partie de votre
renommée se fonde aujourd'hui sur des travaux
de l'ordre le plus élevé. Vous nous rappelez,
Monsieur, ce poète orateur, cet illustre Sheridan,

qui poursuivit les ridicules sur la scène, et les
abus à la tribune.

Hâtez, par la sagesse de vos conseils, l'époque
où les Français goûteront une sécurité profonde.
Pour que le monarque jouisse de tout le bonheur dû à son cœur paternel, pour que les sciences suivent le cours de leur développement,
pour que les lettres reprennent toute leur im-
portance, la France n'a besoin que d'un seul
bien : la stabilité de ses institutions.

www.ingramcontent.com/pod-product-compliance
Lightning Source LLC
Chambersburg PA
CBHW060903180626
46818CB00004B/1829